⑪ 수수께끼의 외계인

하라 유타카 글·그림

이른 아침,
평화로운
기분을
깨뜨리는
노랫소리가
작은 언덕
너머에서
들려왔어요.
바로
조로리 일행의
노랫소리죠.

두고 봐라.
우리의 꿈은
세계를 정복한 다음
언젠가 지구를 벗어나
우주의 왕이 되는 거다!
기다려 주세요, 엄마.
사랑하는 엄마!

노시시의 머리에 이상한 무늬가
새겨져 있었습니다.
"네가 어리바리하니까 잠자는 사이에 누군가
장난을 친 거겠지. 멍청한 녀석, 하하하."

조로리가 웃고 있을 때
이번엔 노시시가
언덕 아래를 바라보며
소리쳤습니다.

조, 조로리
사부님.
저, 저것
좀 보세유.

"허걱! 노시시,
저건 분명히
미스터리
서클이다."

언덕 아래 고구마 밭에도
노시시의 머리에
있는 것과 똑같은 무늬가
선명히 새겨져 있었어요.

"미스터리 서클? 그게 뭔데유?
맛있는 거예유?"
"너희는 모를 거다. 좋았어,
이 몸이 설명해 주지."

미스터리 서클이란 무엇인가?

☆ 하룻밤 사이에 밭이나 초원에 있는
보리나 풀이 옆으로 쓰러져 반듯하고
커다란 원 모양이 나타나는 것이다.
누가, 무엇 때문에, 어떻게 만드는지
여러 학자가 조사해 보았지만 아직
정확한 것은 모른다.

유에프오설

○ 외계인이 있다는
사실을 알리려는
표시라는 설과
유에프오가 착륙한
뒤에 남은 자국이라는
설.

자연 현상설

○ 회오리바람이나
태풍 때문에 보리가
옆으로 쓰러져
생겼다는 설.

플라즈마설

○ 전기를 지닌 공기의
소용돌이로 생겼다는 설.

인간의 장난설

○ 발로 보리를 밟아
쓰러뜨렸다는 설.

동물설

○ 동물이 빙
돌아다닌
흔적이라는
설.

미스터리 서클이 생길 때
유에프오를 봤다는
사람이 많다고.
그래서 이 몸은 틀림없이
유에프오가 만든 거라고 생각한다.
더욱이 고구마 밭에
미스터리 서클이 생기다니
듣도 보도 못했다고!
이건 엄청난 발견일지도 몰라.

조로리가
이시시와
노시시를
돌아보니……

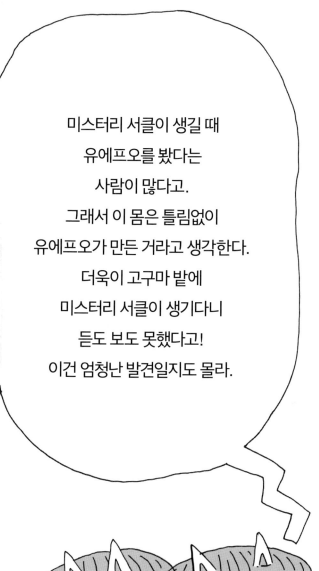

9

둘 다 조로리가 하는 이야기는

듣고 있지 않았습니다.

저 아래 고구마 밭에서 둘 다 끙끙거리며

고구마를 뽑으려고 하지 뭐예요?

조로리는 언덕을 내려가며 말했어요.

"이봐! 지금 고구마를 캐고 있을 때가

아니야. 미스터리 서클이 있다는 건

이 주변에 유에프오가 있을지도 모른다는

얘기라고!"

"그것보다 우리는 고구마,
고구마가 더 중요해유."
그러나 땅속 깊숙이
파묻혀 있는 고구마는
좀처럼 뽑히지가 않았어요.
"영차."
노시시가 힘을 주었을 때
갑자기 몸이 두둥실 떠오르더니

고구마 밭 위에

쑥 나타난

유에프오 속으로

빨려 들어가지 뭐예요?

야호!

고구마 '나갔다, 뿜어라.'

이렇게 말을 뿜어야

붕어야!

12

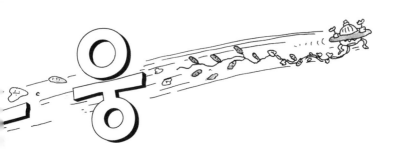

유에프오는 노시시를 집어삼키고

먼 하늘로 날아갔어요.

하늘에서 고구마 잎사귀가 후드득 후드득

떨어져 내릴 뿐이었습니다.

"어, 어떻게 해유? 조로리 사부님!"

"어떡하긴 뭘 어떡해? 이러고 있을 때가

아니다. 유에프오는 우주에서 날아왔겠지.

지금 당장 노시시를 구하러

우주로 가는 거야."

남겨진 조로리와 이시시는 서둘러 걸었어요.

얼마 가지 않아 망가진 자동차가

산더미처럼 쌓여 있는 게 보였어요.

"이거 횡재했는데! 이 정도의 재료면

뭐든 만들 수 있겠어. 이시시, 좀 도와줘."

조로리는 과연
무엇을
만들까요?

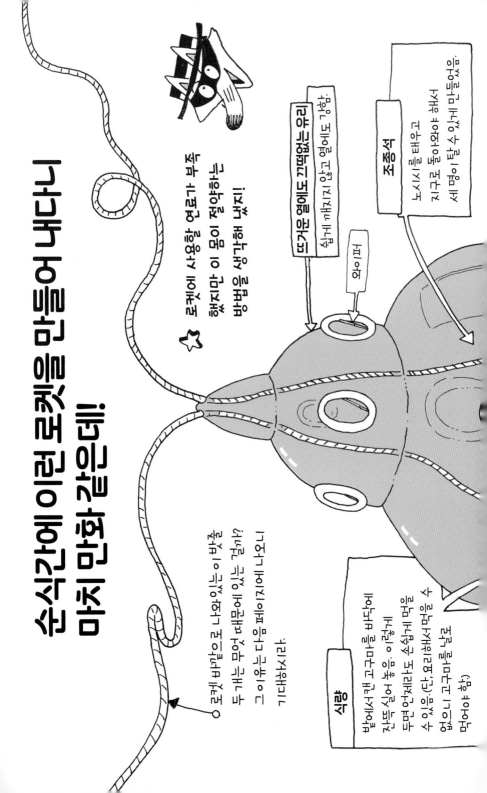

순식간에 이런 로켓을 만들어 내다니 마치 만화 같은데!

로켓 바깥으로 나와 있는 이 빨 줄 두 개는 무슨 때문에 있는 걸까? 그 이유는 다음 페이지에 나오니 기대하시라.

⭐ 로켓에 사용할 연료가 부족 했지만 이 몸이 절약하는 방법을 생각해 냈지!

뜨거운 열에도 끄떡없는 유리
심하게 깨지지 않고 옆에도 가능.

와이퍼

조종석
노시시를 태우고 지구로 돌아와야 해서 세 명이 탈 수 있게 만들었음.

식량
받에서 고구마를 바다에 잔뜩 심어 놓음. 이렇게 두면 언제라도 순식하게 먹을 수 있음. (단, 요리해서 먹을 수 없으니 고구마를 날로 먹어야 함.)

보세요. 이런 모습입니다.

조로리 로켓은 우주로 힘차게

날아갔습니다.

"역시 조로리 사부님! 그런데 노시시가

끌려간 곳은 어느 별이에유?"

"앗, 그걸 어떻게 알아내지?

우주로 가기만 하면 어떻게든

될 거라고 생각했는데

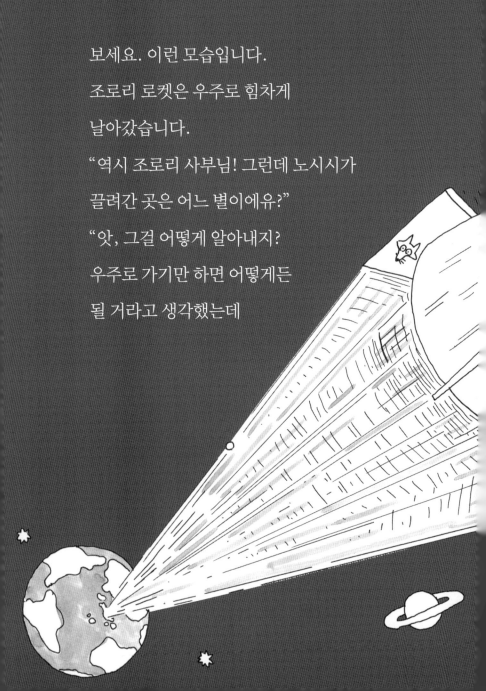

어린이 여러분!
너희는 이런 사실을
알고 있었니?
왜 발사하기 전에
가르쳐 주지
않은 거야?
어떡해요,
엄마……

이렇게 넓고
별이 많을 줄은
몰랐네.”

"이 넓은 우주에서 노시시를 찾는 건
학교 모래밭에서 개미의 콘택트렌즈를
찾는 것보다 어려운 일이라고. 어휴."
조로리가 한숨을 크게 쉬고 있는데
이시시가 옆에서 고구마를
먹으며 말했습니다.

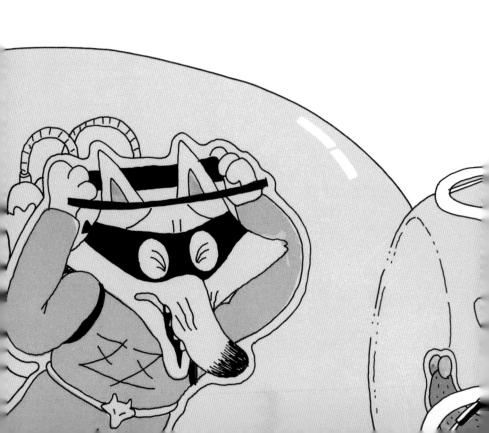

"조로리 사부님, 이것 좀 보세유.

누군가 음식 쓰레기를 버렸어유.

이 우주에도 매너 없는 녀석이 있구먼유."

"무슨 뚱딴지 같은 소리야?

우주 미아가 될 판에 그런 태평한 소리를

하다니…… 앗, 잠깐만!

저 음식 쓰레기는……."

"잘 봐, 고구마 잎사귀잖아!
틀림없이 노시시가 자기 있는 곳을
알려 주기 위해 조금씩 뜯어서
버리고 있는 거야!"

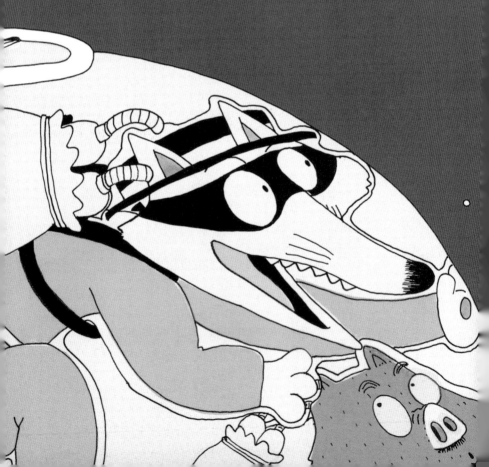

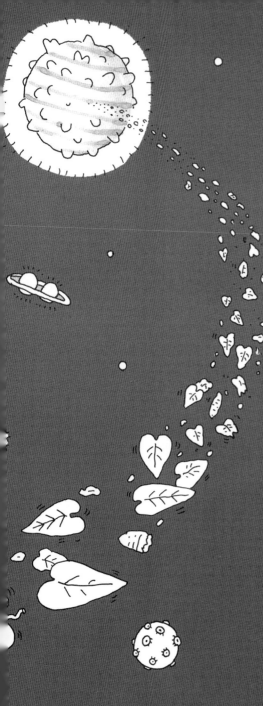

고구마 잎사귀는
보랏빛으로 빛나는
별 쪽을 향해
둥둥 떠 있었어요.

로켓은
불을 뿜으며

빙글
빙글
돌다가

외계인 성
뒤쪽으로
떨어졌어요.

앗,
이시시!

으악!

퍼억

쿠 당 탕

우주선
창문으로
튕겨 나온
이시시는
우주복이
찢어져
숨 쉬기가
힘들어 보였어요.

우웩우웩우웩!

이시시의 입에서 커다란 고구마 덩어리가

튀어나왔습니다.

"후유, 살았다. 고구마가 목구멍에

걸려 죽는 줄 알았네."

"뭐, 뭐라고?

깜짝 놀랐잖아, 이 녀석아!"

"하지만 조로리 사부님. 이 별에는 신선한

공기가 넘쳐 나는데유."

"엥, 뭐라고?"

조로리는 조심조심 우주복을 찢었어요.

"정말이네! 이거 정말 다행이군."

조로리가 숨을 크게 들이마실 때였어요.

성 안에서 시끄러운 소리가 들려왔습니다.

당장 지구를 우리 것으로 만들 준비를 시작할 겁니다.

임금님과 왕비님, 그리고 우주에서 가장 아름다운 공주님도 특별석에서 지켜보고 계십니다.

특별석

그럼 우주 역사에 길이 남을, 테스트를 받을 지구인을 소개하겠습니다!

딸깍

아, 이게 무슨 일인가요?

우리도 모르는 사이에 지구의 운명이

노시시 손에 달려 있다니.

여러분, 우리 지구인을 위해서 애쓰는

노시시에게 뜨거운 응원을 보내 주세요.

우리가 할 수 있는 일은 오직 그것뿐이니까요.

노시시에게 어떤 시험 문제가 나왔을까요?

노시시,
파이팅!

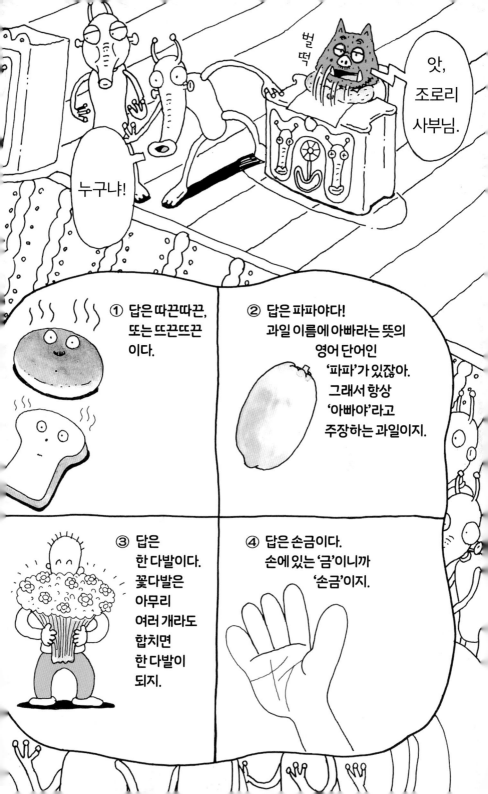

"대단하군. 게다가 이 별까지
숨어들어 온 것으로 보아 머리가 상당히
좋은 것 같군."

"당연하지! 우리가 존경하는 조로리
사부님은 지구에서 머리가 제일 좋거든."

"게다가 조로리 사부님은 지구에서
제일 강한 악당 중의 악당이라고!"

이시시도 노시시도 신이 나 마구 칭찬을
했어요.

"그래? 마침 잘됐군. 너의 그 머리와
몸을 시험해 보면 지구인의 힘을
알 수 있겠구나. 후후."

"어,어라. 너희가 칭찬하는 바람에
일이 점점 커지고 있잖아."

"조로리 씨. 우리의 무시무시한
군대를 소개하겠습니다."

이 별에서는
우주 동물들을
훈련시켜서
원하는 대로
움직이게
할 수 있는
무시무시한
군대를
만들었어요.

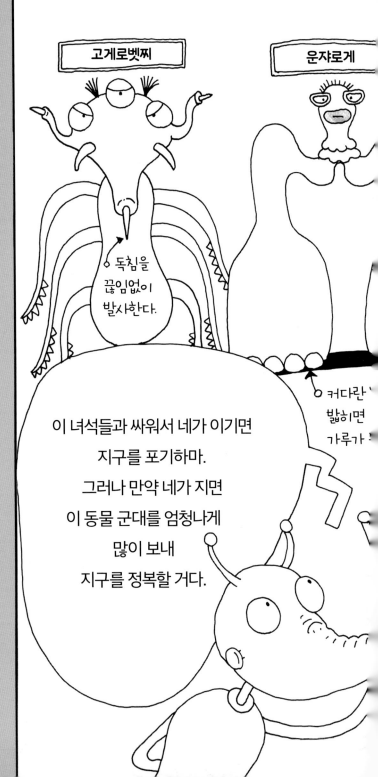

고게로벳찌

운쟈로게

독침을 끊임없이 발사한다.

커다란 ~ 밟히면 가루가 ~

이 녀석들과 싸워서 네가 이기면
지구를 포기하마.
그러나 만약 네가 지면
이 동물 군대를 엄청나게
많이 보내
지구를 정복할 거다.

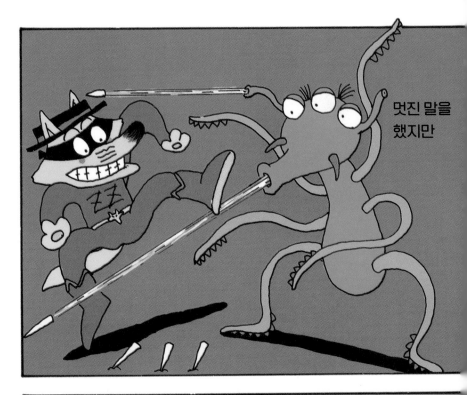

멋진 말을
했지만

아무런
무기도
없었던
조로리는

폴짝폴짝
도망 다니는
수밖에 없었습니다.

결국
기진맥진해서······

우앗!

이제 끝장이다. 어린이 여러분, 죄송합니

지구를 지키기 위해 온 힘을 다해

싸웠지만 이 꼴이 되었네요. 이제 이 녀석

지구에 쳐들어갈지 모르니 지구를 빼앗

않도록 이번엔 여러분이 힘써 주세요

조로리는
군인들에게
둘러싸이고
말았습니다.

이시시와 노시시가
조로리 앞으로
달려들었을 때였어요.

조로리
사부님을
해치면
우리가
가만 있지
않겠어유!
다 덤벼유!

잠깐만요!

53

"이봐, 넌 공주님이 첫눈에 반하셔서

살아남은 줄 알아. 좀 더 기뻐해야 하는 거 아니냐?"

 "첫눈에 반했다고? 그게 무슨 뜻인데?"

 "이 별에서는 공주님이 첫눈에

반하신 분이 공주님의 남편이 되는 것으로

정해져 있다. 이 별의 남자들은 공주님이

첫눈에 반하시도록 열심히

몸과 마음을 갈고닦아 왔는데,

갑자기 다른 별에서 나타난 네가
공주님의 마음을 사로잡다니
얄미운 놈. 너는 우주에서 최고로
행복한 녀석이다.”

“그, 그게 사실이냐?”

“공주님의 프러포즈를 받아들이면
공주님의 남편이 되고,
거절하면 목숨을 잃게 되지.
어느 쪽을 선택할 테냐?”

조로리는 생각했습니다.

'지옥이 순식간에 천국으로 바뀐다는 게
바로 이런 것이로구나. 공주님과 결혼하면
나중에는 임금님이 되겠지? 그럼 이 성은
머지않아 조로리 성이 된다는 말이지?
히히히. 게다가 공주님은 우주에서
가장 아름다운 분이라고 하니
거절할 이유가 없잖아.'

"결정했다, 결정했어. 이 몸이 공주님과
결혼하겠다!"
조로리가 이렇게 선언을 하자 강당에서는
"만세! 축하합니다."
"조로리 님, 공주님, 축하합니다!"
여기저기서 환호성이 터져 나왔습니다.
"쇠뿔도 단김에 빼랬다고 경사스러운 일은
당장 진행해야지. 결혼식 준비를 시작하자!"

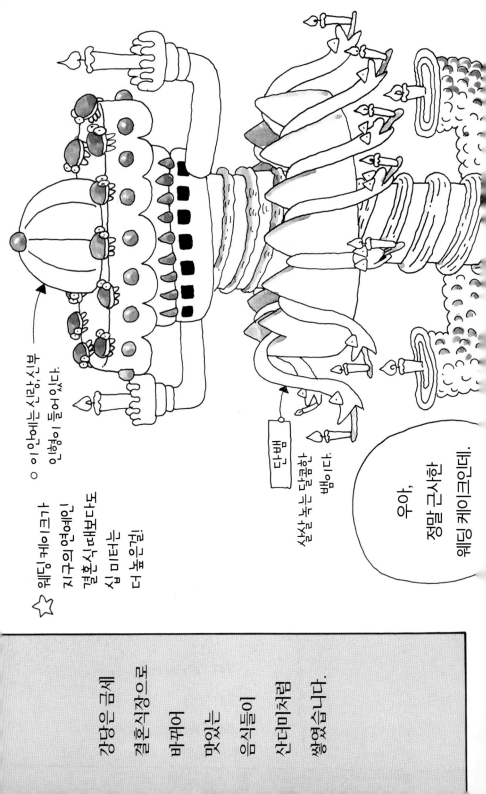

○ 이 안에는 신랑, 신부 인형이 들어 있었다.

☆ 웨딩 케이크가 지구의 연예인 결혼식때보다도 십 미터는 더 높은건!

바코드
싱싱하고 늘 달콤한 맛이다.

우아,
정말 근사한
웨딩 케이크인데.

강낭콩 금세
결혼식장으로
바뀌어
맛있는
음식들이
산더미처럼
쌓였습니다.

배가 고팠던 이시시와 노시시는

웨딩 케이크를 먹느라 정신이 없었어요.

그러나 조로리는 달랐습니다.

공주를 생각하니

얼굴에 웃음이 넘쳐흘렀지요.

부끄

부끄

주에서
장
름다운
이라고?

조로리 님,
멋져요!

혹시, 엘리제
왕비 같으면
어떡하지…….

아니, 아니,
좀 더 멋진
분일 거야.
크크크.

"자, 조로리 님.
준비가 다
되었습니다.
신부 입장합니다."
조로리 뒤쪽에 있던
커튼이 열리자……

공주님 남편이 되시면
이것만은 꼭
지켜 주십시오.
뭐, 누구라도
할 수 있는 간단한
일이니 안심하세요.

● 공주님 남편의 약속

1. 공주님의 저녁 식사를 위해
매달 우주 몬스터 다섯 마리를
잡아 올 것.

2. 공주님 남편은 충치가 생기면
안 되니까 단것을 절대 먹지 말 것.

3. 공주님 남편은 품위를 지켜야 하므로
우주 만화를 보거나 우주 컴퓨터
게임을 하지 말 것.

4. 하루에 수수께끼 문제를 백 개씩
생각해 낼 것.

☆ 겨우 이 네 가지만 지키면 이 별의
공주님 남편이 될 수 있습니다.

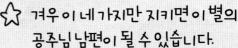

"으악, 이걸 지키라는 거야?

마, 말도 안 돼. 공주님 남편이

되는 걸 포기하겠다.

없었던 일로 해 줘."

조로리가 당황하며 소리를 지르자

"어라, 이 결혼을 거절하면

당신의 인생도, 이 이야기도 끝장이라는

것을 알고 있지요?"

우주인 사회자가 겁을 주듯이 째려보았습니다.

그때였어요.

뒤표지 〈조로리의 도전〉 정답

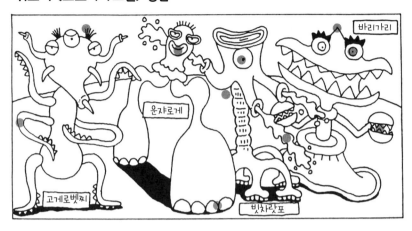

바리가리
운쟈로게
고게로벳찌
빗챠랏포

글쓴이 소개

하라 유타카 (原ゆたか)

1953년 구마모토 현에서 태어났다.

1974년 KFS콘테스트 고단샤 아동도서부문상 수상.

주요 작품으로는《자그마한 숲》,《마탄은 마사오군》,《장갑 로켓의 우주 탐험》,

《나의 보물 나막신》,《푸우의 심부름》,《내 것도 아빠 것처럼 되는 걸까?》,

《시금치맨》 시리즈 등이 있다.

옮긴이 소개

오용택 (吳龍澤)

일본대학교 예술학부 방송학과를 졸업하고 중앙대학교 신문방송대학원을

졸업했다. 현재 중앙대학교 외국어아카데미에서 일본어를 강의했다.

그 외 카피라이터로 활동 중이며 아이들을 위한 좋은 책을 기획, 번역하고

있다. 옮긴 책으로는《건강한 삶, 건강한 기업》 등이 있다.

글·그림 하라 유타카
옮김 오용택

개정판 1쇄 인쇄 2024년 12월 1일
개정판 1쇄 발행 2024년 12월 11일

펴낸이 김영곤 펴낸곳 (주)북이십일 을파소
기획편집 이장건 김의헌 박예진 박고은 서문혜진 김혜지 이지현
아동마케팅 장철용 양슬기 명인수 손용우 최윤아 송혜수 이주은
영업 변유경 김영남 강경남 황성진 김도연 권채영 전연우 최유성
해외기획 최연순 소은선 홍희정
디자인 박숙희 제작 이영민 권경민

출판등록 2000년 5월 6일 제406-2003-061호
주소 (우 10881) 경기도 파주시 회동길 201(문발동)
연락처 031-955-2100(대표) 031-955-2109(기획편집)
팩스 031-955-2122 홈페이지 www.book21.com

ISBN 979-11-7117-732-5 74830
ISBN 979-11-7117-605-2 (세트)

다양한 SNS 채널에서 아울북과 을파소의 더 많은 이야기를 만나세요.

 인스타그램 @owlbook21
 페이스북 @owlbook21
 네이버카페 owlbook21
 네이버포스트 아울북 and 을파소

• 제조자명 : (주)북이십일
• 주소 및 전화번호 : 경기도 파주시 회동길 201(문발동) / 031-955-2100
• 제조연월 : 2024.12.
• 제조국명 : 대한민국
• 사용연령 : 8세 이상 어린이 제품

かいけつゾロリのなぞのうちゅうじん
Kaiketsu ZORORI no Nazo no Uchujin
Text & Illustrations©1992 Yutaka Hara
All rights reserved.
Original Japanese edition published in Japan in 1992 by Poplar Publishing Co., Ltd.
Korean translation rights arranged with Poplar Publishing Co., Ltd.
Korean translation copyright©2024 by Book21 Publishing Group.

하라 선생님의 축하 인사말

韓国のみなさん、原作者の原ゆたかです。
ぼくは次々とページをめくりたくなるような
楽しい子どもの本を作りたくて
「かいけつゾロリ」を書きはじめました。
日本では、本を読むのがにがてだった子どもたちも
読んでくれるようになりました。
ぜひ、韓国のみなさんにも楽しんでもらえると
うれしいです。よろしくね。

한국 어린이 여러분, 안녕하세요.

《장난천재 쾌걸 조로리 시리즈》작가 하라 유타카입니다.

저는 어린이들이 계속 보고 싶어 하는

재미있는 책을 만들고 싶어서《장난천재 쾌걸 조로리》를

쓰기 시작했습니다.

일본에서는 책읽기를 싫어하던 어린이들도 이 책을 읽기 시작한 후부터

다른 책도 읽게 되었다고 합니다.

한국 어린이들도 꼭 재미있게 읽어 주면 좋겠습니다. 잘 부탁해요.

이번 조로리 책은 여러분이 알기 쉽게 우주인의 말을 우리말로
바꾸어 만들었답니다. 하지만 우주인은 우주어를 사용해요.
오른쪽에 우주어로 된 '우주 신문'을 실었습니다. 아래에 있는 표를
보고 한글로 바꿔보세요. 여러분도 어느새 우주어를 읽을 수 있을
거예요.

가	나	다	라	마	바	사	아	자	차	카	타	파	하
거	너	더	러	머	버	서	어	저	처	커	터	퍼	허
고	노	도	로	모	보	소	오	조	초	코	토	포	호
구	누	두	루	무	부	수	우	주	추	쿠	투	푸	후
그	느	드	르	므	브	스	으	즈	츠	크	트	프	흐
기	니	디	리	미	비	시	이	지	치	키	티	피	히
ㄱ	ㄴ	ㄷ	ㄹ	ㅁ	ㅂ	ㅅ	ㅇ	ㅈ	ㅊ	ㅋ	ㅌ	ㅍ	ㅎ

ㅏ	ㅓ	ㅣ	이중자음	이중모음									

⊙ 읽는 방법의 예

조 로 리 는 ㄴ 어 ㅁ 마 르 ㄹ 조 ㅎ 아 해 요
➔ 조로리는 엄마를 좋아해요 (받침과 이중자음, 이중모음에 주의하세요.)

우르르르르르르 콰당!

이시시와 노시시가 웨딩 케이크의
밑동만 파먹는 바람에 높이가 삼십 미터나
되는 케이크가 결혼식장 한가운데로
쓰러져 버리고 말았습니다.
강당은 크림 범벅으로
난장판이 되었어요.

지금이다.
이 몸의 로켓에
빨리 타라!

로켓이 있는 곳으로

돌아와 보니,

돌아갈 연료에

불이 붙어 시꺼멓게

타 버리고

앞부분만 겨우

남아 있었어요.

큿큿큿!

이럴 수가!

이, 이런 로켓으로는
지구로 돌아갈 수가
없잖아. 어떡하지?

그때 이시시가 코를 벌름거리며
말했어요.

"조로리 사부님, 바닥에서 엄청
맛있는 냄새가 나네유."

그렇습니다. 연료가 타면서
바닥에 두었던 고구마가
익어 군고구마가 된 거예요.

떡해유,
리 사부님.
잡힐 것
은데유.

조로리는 군고구마를 보자마자 말했어요.

"그, 그래! 우리가 고구마를
먹고 또 먹고 계속 먹어야 한다!"

"아아, 잡혀서 죽기 전에 마지막으로
하는 식사인가유?"

"난 죽기 전에 멜론 ⬤ 하고 얼굴만큼
커다란 햄버그스테이크 ⬤ 를
꼭 먹겠다고 결심했는디."

이시시와 노시시는 어깨가 축 처진 채
말했습니다.

"뭔 소리들 하는 거냐?
고구마를 실컷 먹고 방귀를 뀌는 거다.
방귀 가스를 연료로 이용해 이 별에서
탈출하는 거지!"
"아, 역시 조로리 사부님은 머리가
정말 좋으세유!"
셋은 고구마를 덥석덥석 잡더니
볼이 터지도록 입에 넣어 우물우물했어요.
하지만 우주인들은 벌써 조로리 일행
가까이에 와 있었습니다.

조로리 일행은
군고구마를 먹으며
로켓에 있는
창에다가
엉덩이를 쑥
내밀었어요.

준비 완료!
이젠 방귀가
나올 때까지
기다리면
됩니다.

소리를 지르느라

배에 힘이 들어간 걸까요?

뿌우우우우우웅!

조로리와 이시시, 노시시가 동시에

방귀를 뀌어……

으악! 뭐야,
이 독가스는?

죽, 죽을
것 같아!

로켓은
하늘 높이
날아올랐어요.

지구인들,
이런 비밀 무기를
숨기고 있었다니!

79

지구인이 엉덩이로 엄청난 에너지의
독가스를 발사한다는 사실을 알게 된
우주인들은 겁을 먹고 지구 정복을
포기했습니다.
이렇게 조로리 일행 덕분에
지구의 평화가 지켜졌습니다.
놀랍죠?

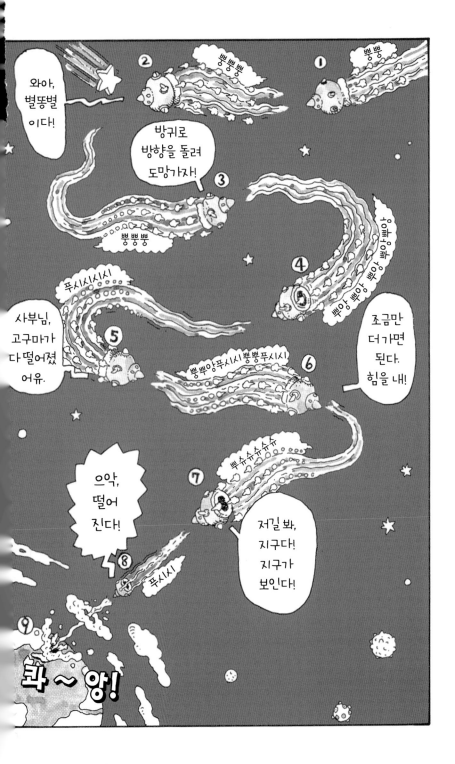